AF369300

EL COLOSO DE RODAS

DINO SCHIAPPACASSE OLMOS

EL COLOSO DE RODAS

ANTOLOGÍA DE CUENTOS Y POEMAS

EDIQUID

EL COLOSO DE RODAS
© Dino Schiappacasse Olmos

Editado por: Corporación Ígneo, S.A.C.
para su sello editorial Ediquid
José Olaya 169, Ofic. 504, Miraflores. Lima, Perú
Primera edición, abril, 2025

ISBN: 978-956-6404-23-1

www.grupoigneo.com
Correo electrónico: contacto@grupoigneo.com | Teléfono: +51 955 071 270
Facebook: Grupo Ígneo | X: @editorialigneo | Instagram: @grupoigneo

Colección: Nuevas Voces

CONTENIDO

ACERCA DEL AUTOR

Dino José Schiappacasse Olmos (1930-2013) fue un reconocido escritor e intelectual chileno-italiano que dedicó su vida entera a develar los misterios de la existencia y de Dios. Dentro de sus libros destacan *El apóstol de fuego* (Ediciones Paulinas, Chile, 1961) y el *Discurso del Mundo Nuevo* (Ediciones Parera, Chile, 1967).

Su inigualable biografía sobre la vida y obra del padre Mateo Crawley-Boevey (*El apóstol de fuego*), quien es reconocido en la actualidad como el apóstol mundial del Sagrado Corazón de Jesús, renovó e iluminó la fe de muchísimos de sus lectores; y hoy día es conservado como un tesoro en el catálogo de la Biblioteca Nacional del Congreso de Chile, colección del monseñor Diego Dublé Urrutia.

Por otro lado, su *Discurso del Mundo Nuevo*, declarado texto de estudio por el Ministerio de Educación de Chile en el mismo año de su publicación,[1] le valió, junto a su trayectoria, obtener la calidad de «ciudadano del mundo», es decir, ser miembro de la selectísima sociedad Pugwash. Dicha sociedad internacional, entre cuyos fundadores se cuentan hombres tan respetables como Albert Einstein y Bertrand Russell, cuenta con una conocida trayectoria en el continente europeo y agrupa a los científicos e intelectuales más destacados de Inglaterra, Francia, Rusia y Estados Unidos de América, entre otros países.

---

[1] Decreto n° 8.858 (1967).

Dino Schiappacasse, el autor, en una mañana jubilosa
de 1990 en la cual, según sus propias palabras, el
fotógrafo logró *capturar* su alma.

PRÓLOGO

El coloso de Rodas, La otra máquina del tiempo y *El extraterrestre*: tres relatos extraordinarios y asombrosos, característicos de la creatividad, de la consumada maestría y del evolucionado pensamiento del autor del *DISCURSO DEL MUNDO NUEVO*.

El coloso de Rodas revela la psicología de un genio, de un creador megalomaníaco, de un héroe de la humanidad. Un genio que necesita ver expresado el *quid divinum* de su fuerza creadora para sentir la plenitud de la felicidad, la felicidad de un niño en un mundo de maravilla y encantamiento.

La otra máquina del tiempo, otro cuento mágico que nos conduce con mano maestra, a través del más delicioso y cautivante suspenso, que surge de forma gradual del diálogo de dos inteligentes niños, a una verdad última y estremecedora: al divino misterio del alma.

El extraterrestre, ¿quiénes somos? ¿De dónde venimos? ¿Hacia dónde vamos? Son las tres preguntas eternas que el hombre se viene formulando desde que existe sobre la Tierra, pero que jamás nunca habían sido respondidas de modo tan impactante y dramático por un escritor como en este crucial período de la historia de la humanidad, amenazada por una catástrofe ambiental de proporciones apocalípticas.

Junto con estos tres extraordinarios relatos, los editores se han permitido agregar la fábula *Una extraña criatura.*

Una extraña criatura: una innegable (y estremecedora) realidad contada desde la candidez de la infancia. Cuando Guido, el tercer hijo del autor,[2] escribió este cuento único en su especie

---

[2] Guido V. Schiappacasse, licenciado en Medicina con especialización en Medicina Interna y en Oncología Clínica de la Universidad de Chile, Santiago de Chile, es reconocido por sus contribuciones en investigación oncológica. Fundación Banmédica y el consejo médico de Empresas

bordeaba los 10 años. Maravillado, el autor leyó y releyó al menos unas cuatro veces el cuento que su pequeño hijo le había obsequiado para el día de su cumpleaños.

Por una década, el cuento durmió con tranquilidad en el desván del autor, junto a sus más preciados tesoros literarios, hasta que fue «redescubierto» por él. Intentando conservar la frescura infantil de los diálogos y la visionaria idea original, el autor de *El coloso de Rodas* trabajó por horas «recreando» el cuento que hoy les presentamos a ustedes.

Por último, *Los poemas de la hermandad universal* coronan de forma magistral esta antología única de cuentos y poemas, transportándonos a la inspirada cosmovisión franciscana del autor.

Dr. Guido Schiappacasse

Oncólogo médico de profesión y escritor de hábito.

Banmédica, le otorgaron en el año 2015 el prestigioso *Premio Fundación Banmédica* por su aporte al estudio de la fatiga oncológica. En la actualidad, Guido distribuye su tiempo entre los principales hospitales y clínicas de la región de Valparaíso y sus investigaciones respecto de la relación entre el nivel de espiritualidad y la esperanza de vida en el paciente oncológico. Además, se ha dado el tiempo para iniciar una aventura como escritor; así en el 2022 presentó *Una dádiva para Luukas*, su primer libro de cuentos. También ha publicado relatos cortos en prestigiosas revistas literarias y se desempeña como editor de prosa y crítico literario en diversos medios. En este 2024 lanza *Relatos para soñar feliz*, su segunda apuesta por los cuentos.

PROEMIO DEL ESPÍRITU SANTO

(a los poemas de la hermandad universal) [3]

¿Hay aún poetas en el mundo? No oigo levantarse en parte alguna la *voz* que solo unas pocas almas escogidas, que han conservado la fe, esperan oír.

Hoy reinan en todas partes la oscuridad de la falta
de fe y un silencio mortal.

Pero si existiese un *poeta*, en el sentido original y sagrado de la palabra, osaría desafiar incluso esa petrificación debida a la desesperación..., *porque un verdadero poeta está siempre inspirado por Dios.*

Como el verdadero *poeta* que ahora alza su *voz* en medio de la oscuridad de la falta de fe y de la angustia de esta hora crucial de la historia de la humanidad... y os entrega un bellísimo e *inspirado* florilegio de poemas que os descubren el alma preciosa de un ser *elegido.*

El primer poema, *Salmo del ermitaño*, os revela la terrible soledad del alma franciscana del autor buscando a Dios en medio de las tinieblas de la noche y su maravilloso encuentro con Él en medio de la bendita soledad del árido desierto.

El segundo poema, *Tu Tierra muere, hermano Francisco...,* os revela todo el lacerante tormento de su sensible alma franciscana al ver que *el guardián del Creador es hoy un salvaje exterminador,* y os acusa acongojado al *hermano eterno:*

*Tu Tierra agoniza por falta de amor
y están tristes las criaturas de nuestro Señor.*

---

[3] El lunes 23 de marzo del año 2009, el autor tuvo la siguiente visión (o sueño despierto) que procedemos a transcribir desde sus notas inéditas con máxima fidelidad y que corresponde al Proemio del Espíritu Santo respecto a los poemas de la hermandad universal. En palabras de Carl Gustav Jung, el célebre psiquiatra y psicoanalista suizo, fundador de la psicología analítica: «los *sueños* no son creaciones premeditadas y arbitrarias, sino fenómenos naturales, que no son otra cosa que lo que representan. No engañan, no mienten, no falsean ni encubren, sino que anuncian genuinamente lo que son y piensan» (*Psicología y Educación*).

Y clama al *hermano eterno*, con arrebato conmovedor, por la salvación de la Tierra, la cual *está llena de dolor y duelo.*

En el tercer poema, *Contempla con el alma*, el *poeta* le canta al *hermano peregrino* sus contemplaciones franciscanas en el jardín de Los Doce Apóstoles de Valparaíso,[4] y en *inspirados versos* visualiza un *jardín edénico*, pleno del amor de Dios Padre por sus criaturas. Y en vuestro espíritu fascinado quedan rondando, como una santa admonición, los miríficos versos:

¿Y tú no te asombras
de las maravillas de sus obras?

El cuarto poema, *San Francisco crucificado*, relata, con arrebatadores acentos, la entrada de san Francisco al pueblo de San Sepulcro.

Francisco era un fuego que incendiaba el mundo,
y Francisco moría de este amor fecundo.
Y cuando al pueblo entró,
San Sepulcro ardió.

Tanta belleza os rapta el alma para conmoveros y estremeceros con el quinto poema, *A veces tengo un sueño loco...*, que es el último y más bello movimiento orquestal de la franciscana sinfonía.

Este poético e inspirado «sueño loco» tiene su fundamento original en la *inspirada visión del reino de la Lux*[5] o de la hermandad universal que os revela mi *profeta* en notas inéditas:

«*Si África es la cuna de la historia humana, poseemos un solo origen: somos todos de origen africano, nacidos hace unos tres millones de años, cuando en África se irguió el primer bípedo humano "hecho a imagen y semejanza de Dios". Y esto*

---

[4] La Parroquia de los Doce Apóstoles data del siglo XIX y se encuentra enclavada en Valparaíso, Chile, a unos 1000 metros de la costa del océano Pacífico. Fue declarada monumento nacional en el 2003. En los días de primavera, su jardín es refugio de numerosas aves, insectos, y animales domésticos, los que le otorgan una característica única al entorno de la parroquia.

[5] Cf. Dino Schiappacasse, *Homo-Lux*, próximo a editarse en lengua hispana e inglesa.

debería impulsarnos a la fraternidad, pues todos somos hijos de la Lux divina».

Verdaderamente, África es la cuna de la historia humana, y todos sois de origen africano. Todos sois, pues, hermanos, hijos de la *Lux divina.*

Pero la *hermandad universal,* en la *inspirada cosmovisión franciscana y evolutiva de mi profeta,* no solo se refiere a la *fraternidad humana,* sino que abarca a toda la creación de la Lux divina.

¡Oh peregrino!,

que escuchas mi trino,

piensa en el misterio profundo de cada cosa.

La naturaleza es sagrada,

y con amor debe ser conservada.

Cierra el libro y pone el broche de oro, *la consumación del misterio de Dios,* el último poema: *Loor a la reina.*

Apóstol franciscano DANIEL

Valparaíso, lunes 23 de marzo del año 2009

EL COLOSO DE RODAS

Luchaba contra el insomnio desde hacía dos horas. La bolsa de confites, sobre la mesilla de noche, estaba cerrada e intacta y en la misma posición en que la dejara. Era inútil. *Ellos* no vendrían. Annette dormía apacible, con respiración pausada y tranquila, así que se deslizó con sigilo del amplio lecho, para no interrumpir su sueño. Calzóse las pantuflas y se echó la *robe de chambre* sobre los hombros.

Al plateado fulgor de la luna llena, que se filtraba de manera tenue a través de los visillos, la contempló en silencio por unos segundos, de pie junto al borde de la cama. Una sobrenatural claridad bañaba su rostro. Sus copiosos rizos cubrían a medias su ebúrnea mejilla y retorcíanse como sierpes negras sobre su hombro de marfil, de redondez maravillosa. La suave sombra azulina de los párpados, apenas acentuada bajo sus largas pestañas, hacía aún más exótica y peregrina la blancura deslumbrante de su mejilla. Desde la base de la frente y en armonía con la fina curva de la ceja, la curva de la nariz, como trazada a compás, descendía de forma exquisita, y las sensitivas aletas temblaban al ritmo de su respiración. Un rostro de camafeo. Un rostro muy hermoso. La cara de una niña más que la de una mujer.

Tuvo que reprimir el impulso de inclinarse y besar sus perfumadas guedejas negras. Su juvenil belleza conmovíalo de un modo extraño. Dirigiéndose hacia la ventana, apartó con cuidado los visillos y contempló la luna y las estrellas, como si quisiera leer en ellas algo desconocido. Salió en sigilo de la alcoba y entró en su gabinete. Encendió la lámpara de pedestal. Abrió el licorero, sacó el sifón de agua de *seltz* y el gin. Llenó un vaso y lo puso sobre su tablero de dibujar, encima del plano del coloso de Rodas, clavado con corchetes. Se arrellanó en *la bergère* y encendió su pipa.

Recordó con emoción aquella tarde en que vio a Annette por vez primera. Ella había instalado su caballete en la *place* Clemenceau y dibujaba, en una perspectiva de los Champs Elysées, un fondo de árboles amarillos y nubes violeta para sus diseños vanguardistas de la nueva moda de otoño. Él bebía su aperitivo en la terraza del café La Fontaine.

Al mismo tiempo, pensaba con íntimo regocijo en que el ayuntamiento de París aprobaría en el curso de la semana sus planos para la autopista elevada sobre el Sena y que los trabajos de construcción iniciaríanse el mes próximo. Sería la primera autopista elevada de París y todo sería obra de él, el ingeniero y arquitecto Maurice Dupont.

¡La torre Eiffel y la autopista Dupont! ¡Toda Europa admiraría su obra! Erigida para la exposición universal de París de 1889, la torre Eiffel, con sus trescientos metros de altura, ¿acaso no se había convertido en el símbolo apoteósico de la arquitectura metálica y de la modernidad triunfadora en el siglo de la industria y de la ciencia? En las postrimerías del siglo XX, frente al desafío de un mundo amenazado por el hambre que se hacía cada vez más pequeño, en que el hombre colonizaba los polos y proyectaba ya colonizar el espacio, la autopista Dupont se había diseñado para descongestionar el flujo del tránsito por ambas orillas del Sena en el centro bohemio de la ciudad luz.

Él, Maurice Dupont, hacía suya la frase lapidaria con que su famoso colega, el arquitecto Otto Wagner, de la escuela de Viena, había definido el funcionalismo en 1894: «solamente puede ser bello lo que es práctico». Pero pronto cesó de deleitarse en estos embriagadores pensamientos para fijar la atención en la muchacha. Entre ambos interponíase una riada de vehículos.

Recordaba bien los detalles de su traje, un modelo Cardín. Un traje negro adornado con una pechera blanca de volantes de encaje. Degustando su oporto, se entretuvo en observarla. No parecía muy experta, pero pintaba con mucha concentración. Pasábase el dorso de la mano por la frente y las sienes mientras daba sus vivas pinceladas. Y a intervalos alejábase y miraba con detenimiento la pintura. Por fin pareció satisfecha de su obra, le dio una última y larga mirada y guardó sus pinceles.

¿Fue el sortilegio de esa tarde de otoño? ¿El exótico *charme*, la radiante juventud de ella? Todo eso y la compulsión de su júbilo. La idea le vino como una inspiración. Pagó el consumo y atravesó corriendo la avenida, a riesgo de que lo atropellara un ómnibus, que debió frenar con brusquedad, con un terrible chirrido, para que él pasara.

—*Madeimoselle,* no puedo permitir que lleve usted su caballete —balbuceó agitado.

Ella sonrió turbada, sin saber qué decir ante su impetuosa galantería. Le pasó el caballete y le indicó su Renault.

—Debe estar usted sedienta, *madeimoselle*, y además fatigada —la miró con desenfado, pero dio a su voz una inflexión humilde y respetuosa—. Un oporto le sentará bien, o un vaso de vino moscatel —pensó en voz alta.

Su mirada fue de candorosa sorpresa. Se veía que no era su costumbre aceptar invitaciones de desconocidos.

—Me complacería mucho que aceptara —insistió con su voz más cálida—. Se lo ruego, *madeimoselle*.

Aceptó, y no tuvo necesidad de mayor preámbulo o de que ella le hiciera la pregunta precisa para hablarle de su autopista con frases ardientes y apasionadas. Le describió su inmensa y singular estructura helicoidal, con sus pilones metálicos y sus graciosos y elegantes balaustres que afectaban sugestivamente la figura corporal de una *femme* esbeltísima. Ella lo escuchó con atención casi religiosa, como si hubiera estado esperando la llegada de alguien a quien admirar.

—El coloso de Rodas —murmuró en voz baja al terminar él de hablar, envolviéndolo en la acariciadora luz de sus ojos garzos, dulces y soñadores. Maurice la miró extático, como si hubiese escuchado el son de un arpa celeste.

A los seis meses estaban casados.

Pasaron la luna de miel en Capri. Tuvieron suerte. La agencia de viajes les consiguió un excelente apartamento, con una vista magnífica. Maurice lo alquiló por tres semanas, sin servicio. Ambos lo habían decidido. Anhelaban estar solos, sin extraños rondando a su alrededor. El apartamento se hallaba casi a la extremidad del cabo, de modo que la vista dilatábase al este y al oeste. A la derecha erguía un murallón de mil pies de altura su fría masa gris que el sol orlaba a veces de oro, y más allá la isla de las Sirenas y la costa del continente iban a perderse en la bruma.

A la izquierda, divisaban muy cercana una playa minúscula, oscura por las sombras del inmenso acantilado tras el cual el monte Solaro se alzaba como un monarca coronado de lumbre. En lontananza, los celajes tomaban tonos nacarados, recorriendo una gama infinita y maravillosa. Al este, los perfiles claros de las barcas semejaban oro vibrante y las velas llamas. Una roca enorme —I Faraglioni—, erosionada por los vientos y el embate del mar, mostraba una grieta formidable que dejaba paso a las aguas y a la luz; y bajo esa arquería, donde las olas remansábanse en leves espumas, aparecían a veces las barcas movidas por remeros fornidos.

Una mañana escalaron el monte Solaro y bebieron, como néctar divino, la suprema belleza de Capri en su cima.

Era el noveno día de su permanencia en la isla.

Esa noche cenaron en una alegre y bulliciosa *trattoria*. Bailaron con lentitud, muy juntos, olvidados del bullicio, del mundo y de todo, como si solo ellos y su dicha existieran.

Regresaron caminando por la orilla del mar. El cielo era una inmensa túnica de plata cuajada de soberbias flores de oro. Al oriente, la luna llena iluminaba con una feérica claridad de sueño, difusa y velada, las blancas villas rodeadas de cipreses que descendían casi hasta el borde de la playa.

El aura nocturna estaba impregnada de un suave aroma de mirtos y jazmines. Y en la dulzura de la noche, vagaba una canción de amor... *Senza di te, ben mío, vivere nonposs'io.* Era la serenata, al claro de luna, de una bella voz varonil, cálida y aterciopelada. Y al arrullo de esa voz tan dulce, melodiosa y apasionada, una y otra vez se detuvieron al borde de las olas, como atraídos por una fuerza irresistible, para besarse en silencio, con una intensa y compartida delectación que era más ebriedad del corazón que voluptuosidad de los sentidos.

Al fin llegaron al apartamento.

Annette, fatigada, se desvistió y metióse de forma inmediata en el lecho. Él colocó dos discos en el radiofonógrafo, sacóse el *slak* y se tendió a su lado sobre la cama. Annette cogió su mano y apoyó su mejilla en la palma; a los cinco minutos dormía profundamente.

Como una caricia, sentía en su mano el cálido aliento de ella. Una dicha inmensa y serena inundaba su alma.

Estiró el brazo libre, oprimió la tecla y el primer disco giró... giró... y los diáfanos, alegres y ondulantes acordes de una sonata de Mozart irrumpieron con suavidad. Cerró los ojos. Las notas retozaban juguetonas y tiernas, como si un pequeñuelo desnudo danzara por los ámbitos de la alcoba.

Semiconsciente, se escuchó reír con risa sonora; ahora sentía su corazón ligero en medio de la divina ebriedad de su cerebro...

Inefables sensaciones lo embargaban. Le pareció que vivía de forma sutil, que alcanzaba una alegría superior, que a sorbos bebía de un vaso de pensamientos más depurados de cuantos hasta entonces había tenido...

De manera súbita, se sintió transformado.

Él mismo era ahora el pequeñuelo danzante desnudo, poseído de una alegría élfica o fáustica, y todas las vías de la *posibilidad* le parecían abiertas para recibir las huellas de la *realidad*...

Cayó el segundo disco (los *Estudios* de Chopin, bien lo recordaba), giró... giró... giró en medio de una sonora y melodiosa cascada y de dulces y ondulantes remansos... Sintióse invadido por una indescriptible y embriagadora alegría, experimentó unos deseos incontrolables de reír y jugar. Entonces percibió su «presencia». Tuvo la sensación de juguetones correteos a través de la alcoba, salvo que su ruido era tan apagado como el de los correteos de los gatos. También creyó escuchar unas ahogadas risillas. Luego sintió leves cosquilleos a lo largo de la espalda y las piernas, como si lo palparan multitud de deditos...

Lo despertó una espada flamígera que atravesó de súbito las persianas y rozó su cara, iluminando la alcoba con un resplandor suave y rosado.

Tenía puesto el pijama y estaba acostado bajo las frazadas. Su camisa, sus pantalones, su ropa interior, los calcetines, todo estaba esparcido en feo desorden sobre la cama. Un mocasín habíase enredado en la pernera de sus pantalones; otro había ido a parar al suelo.

Se levantó y, en silencio, púsose a ordenar todo en el clóset. Tuvo una nueva sorpresa al encontrar los dos discos en el cajón de las camisas, metidos de manera forzada en un mismo sobre.

—La sugestión de la música, sin duda —se dijo, extrañado—. O los efectos del *Chianti* —rio para sí—. He hecho estas cosas dormido.

El suceso no lo inquietó. ¿Qué importancia tenía? Lo maravilloso era que, de una forma extraña, había despertado con el espíritu alegre.

Al despertar Annette estuvo a punto de referirle el suceso, pero prefirió no hacerlo.

A la mañana siguiente, al momento de afeitarse, no halló su máquina eléctrica en el cajón de la mesilla de noche. Desde que llegaron la guardaba allí y esa misma noche habíala visto en el cajón, al sacar su petaca para fumar en el solario su última pipa antes de acostarse. La buscó en todas las maletas, en los cajones del clóset y de la cómoda, en el *boudoir*, y al fin la encontró por casualidad debajo del colchón.

«¡Qué traviesos!», pensó, con el corazón insólitamente alegre, pero sin saber lo que se decía.

—Ya no sé dónde tengo la cabeza... ¡Tú eres la culpable, querida! —bromeó para excusarse ante Annette que lo había revuelto todo.

Otra mañana fueron sus mocasines de reno los que desaparecieron. Los había dejado la víspera al pie del lecho, sobre el felpudo. Annette los encontró en el fondo de una de sus maletas, debajo de sus vaporosos *négligées* blancos y rosas, que exhalaban una suavísima fragancia de violetas. Con su humor jovial y risueño, ella le aseguró no haberlos escondidos allí.

—Sigues muy distraído, querido. Por mí, ojalá sigas así toda la vida —díjole sonriendo con aura festiva, al tiempo que le echaba los brazos al cuello besándolo en los labios con ardor.

Otra mañana descubrió su jabonera y su jabón convertidos en una curiosa embarcación. Sus bolígrafos estaban ensartados en el jabón a manera de remos y la reglilla móvil de su regla de cálculo erguíase en el centro como un mástil, atravesando una hojilla de papel arrancada de su libreta de apuntes. Aunque en el primer momento no le causó mucha gracia ver la reglilla metida en el jabón, pues para él su regla de cálculo era una fiel compañera de la cual no se separaba nunca, rio de buenas ganas ante aquella desusada travesura. Revisó el bolsillo interior de la chaqueta *sport* donde había guardado el estuche con la regla y allí halló la otra parte.

Un día encontró dibujado un extraño monograma en su libreta de apuntes: un conjunto de líneas y planos acotados combinados de la más extraordinaria manera y que no pudo asociar a ninguno de los procedimientos gráficos de cálculo por él conocidos. ¿Cuáles eran las relaciones que ligaban a aquellas variables entre sí? Ensayó varias construcciones geométricas para obtener los valores de aquellas variables, pero no pudo. Sin embargo, gozó lo indecible tratando de resolver el enigma.

Annette habíase acostumbrado a verlo con la libreta en las manos estudiando el ábaco mientras se asoleaban por las tardes en la terraza, tendidos en trajes de baño sobre una amplia y blanda esterilla. Una tarde que le pareció más absorto y alejado que nunca de ella, estudiando el extraño monograma, varias veces montó sobre sus espaldas y le rodeó el cuello con un brazo al mismo tiempo que con el otro intentaba arrebatarle la libreta.

—¡Entrégame la libreta! —rio ella—: Quiero ver qué puede interesarte más que yo.

—¡Me romperás las costillas! ¡No te la daré! —gruño él, sin soltar la libreta que Annette pugnaba por arrebatarle, pero feliz de seguirle la broma.

—¡Ah!, ¿no? —Y ella oprimió un poco más su cuello.

Maurice empezó a resollar de forma cómica.

—¡Me ahogas! ¡No puedo respirar! —Y soltó la libreta, que Annette tironeaba de un extremo.

A horcajadas sobre sus espaldas, ella miró el extraño ábaco con una expresión de curiosidad intrigada y divertida, sin encontrarle pies ni cabeza.

—¡Uf! ¡Parecen ecuaciones de un marciano! —exclamó devolviéndole la libreta—. ¿Acaso te comunicas con ellos?

Maurice Dupont bebió otro sorbo de gin, envuelto en una nube de humo.

Habíase habituado pronto a aquel extraño juego, deseando vivamente que el estado de encantamiento en que vivía perdurase para toda la eternidad, que los «duendes», como acabó por llamarlos, continuaran visitándolo y contagiándole su maravillosa alegría.

Durante cuatro años, por lo menos, sus deseos se cumplieron. Los duendes visitábanlo por la noche, se burlaban de él, escondíanle las cosas, le proponían enigmas y así vivía en medio de una alegría perpetua, siempre viva y renovada. Pero, desde hacía un mes, «ellos» ya no venían. ¿Por qué? ¿Qué razón o qué fuerza oculta pudo haberlos alejado? Se habían ido como habían llegado, en el más profundo misterio.

Miró indiferente el plano del coloso de Rodas como algo que ya había dejado de pertenecerle. Ahora la autopista Dupont elevaba su monumental espira de hormigón armado circunvalando las islas de la Cité y Saint Louis. El día anterior habíanse terminado por fin todos los trabajos y el gobierno francés inauguraría la autopista el próximo miércoles. En la ceremonia, el presidente de Francia le impondría la cruz de la Legión de Honor.

Se le ocurrió que tal vez podría atraer a los duendes con golosinas, pero desde hacía una semana cada noche dejaba la misma bolsa de confites sobre la mesilla de noche sin resultado alguno.

Ahora pensaba si aquellos seres a los cuales él llamaba «duendes» no serían quizá criaturas de otra dimensión. ¿Por qué no? El pensamiento actual de los físicos trasponía todas las barreras. Pero *¿se podía realmente creer en la existencia de los universos paralelos?* Decidió hablar con Lestrade durante la tarde, y, después de beber un último sorbo de gin, volvió a la cama.

Lestrade enseñaba física experimental en la Sorbonne. Eran viejos amigos. Movió con cierta duda la cabeza cuando le mencionó el tema de los universos paralelos.

Le habló de partículas y antipartículas, del extraño comportamiento del mesón K y del misterioso neutrino que podía atravesar todo un planeta como si fuera el vacío y que tal vez fuese el imaginado agente de penetración entre los universos paralelos.

—Pero tal vez solo existe un único universo —terminó riendo.

—Pero quizá existen otros —insistió él.

—Bueno, si tú lo crees... —concedió Lestrade con una risilla.

Y eso fue todo lo que pudo obtener del físico.

No asistió a la inauguración de la autopista, anunciada por toda la prensa de París a grandes titulares. Los honores no le interesaban. ¿Qué podían ya importarle?

Los duendes continuaron sin manifestarse y terminó por darle la bolsa de confites a Annette, que la regaló a la doncella, pues los caramelos no eran de su gusto.

Había perdido toda su alegría y solo por inercia presentó un fabuloso proyecto a la ONU. Pero él mismo no creía que lo consideraran siquiera.

Se daba cuenta que Annette percibía su cambio y que sufría por esta causa en silencio.

No aceptó nuevos trabajos. Rechazó varias proposiciones, que no le interesaron, sencillamente, porque eran obras para «vulgares profesionales». Por lo demás, tenía ya bastante dinero. Despidió a sus dos secretarios y pronto el teléfono dejó de sonar en su oficina.

Se levantaba abúlico, con el espíritu apagado, encerrábase en su gabinete y permanecía horas sentado ante el escritorio, fumando sin detenerse y hojeando manuales y revistas técnicas; o bien deambulaba toda la mañana por los bulevares, sombrío, taciturno, melancólico. Almorzaba en cualquier café de la *place* de la Madeleine o de la *rue* de Saint Honoré, sin experimentar deseos de regresar al apartamento de la *rue* Royale, porque adivinaba cómo Annette sufría al verlo en aquel lamentable estado.

Llevaba nueve meses sumido en esa paralizante ataraxia, cuando una mañana Annette, ansiosa, lo recibió con una carta. Miró el membrete del sobre y lo abrió con desgana. Imaginó la respuesta. Pero su rostro se fue animando a medida que leía y habíase transfigurado por completo cuando terminó.

—¡Oh, Annette! ¡La ONU aprueba mi proyecto: cerrar con un dique el estrecho de Gibraltar para bajar el nivel del Mediterráneo y ganar así al mar, en el conjunto de sus costas, 650 000 kilómetros cuadrados de tierra! ¡Emplearé energía atómica para construir el dique! ¡Será una obra soberbia!...

¡Olímpica!... —Sus palabras atropellábanse y hacía gestos vehementes—. ¡Empaca, querida! Nos vamos a Capri en el primer avión. ¡Será nuestra segunda luna de miel!...

—Sí, querido —sonrió ella, y sus bellos ojos garzos, dulces y soñadores, brillaban húmedos de felicidad.

Arribaron a la isla y esa misma noche Maurice Dupont recibió la visita de los duendes. A la mañana volvía a ser un hombre pleno y feliz.

LA OTRA MÁQUINA DEL TIEMPO

Cada niña bebió dos tazas del dulce chocolate aromatizado con vainilla y clavo y entre las cinco dieron buena cuenta de las fuentes de *pasticcini, biscotti* y *marzapani*. Y todas rieron con algazara cuando Stella, por encaramarse con demasiada impaciencia sobre la silla para soplar las velitas, se fue de bruces y cayó de narices en el cremoso merengue.

Después las niñas salieron a jugar al jardín, y Stella propuso:

—Saltemos en la cuerda.

Pero una niña muy espigada, de piernas de ave zancuda, con anteojos de cristales redondos y gruesos como lupas, replicó despectivamente:

—Ese es un juego de chicuelas. Nosotras ya somos señoritas. Y a mí se me pueden quebrar los anteojos.

—¡Bueno sería! Jugaríamos entonces a la «gallina ciega».

La que había hablado era una pelirroja de ojazos verdes y muy traviesa.

—¡Idiota! —la increpó la niña de anteojos y torció con desprecio la cara.

—¿Y tú? Un «palo caminante».

—Déjense de pelear —apaciguó la más gorda del grupo—. Lo mejor es que juguemos a los acertijos de figuras y la que no adivine tendrá penitencia.

Esta proposición tuvo aceptación unánime. En ese momento una de ellas divisó a Sandro que regaba las plantas.

—Que juegue también tu hermano —dijo a Stella.

—¡Sí!, que venga a jugar con nosotras —apoyó la pelirroja.

—¡Sandro! —lo llamó su hermana—. ¡Ven a jugar a los acertijos!

—No puedo. Tengo que regar todavía los geranios —se excusó él, ruborizándose.

La presencia de las niñas lo cohibía. Cogiendo la regadera, se alejó en dirección al pilón.

—¡Miren al caballero! —exclamó la pelirroja—. Lo invitan y se hace el interesante. ¡Yo lo traeré acá!

Y corrió brincando a su alcance. Le impidió abrir la llave y lo tiró del brazo. El rostro de Sandro se inflamó como una amapola.

—No sea tan vergonzoso, señorito. Nadie se lo va a comer. Venga a jugar con nosotras a los acertijos.

Las niñas reían al ver al niño que caminaba sin oponer resistencia, con el rostro encarnado y los ojos bajos.

La pelirroja lo condujo hasta el escaño, bajo la copa frondosa de la higuera, y lo obligó a sentarse junto a ella en el banco, sin soltarlo. Sandro hizo esfuerzos por desasirse, pero ella lo sujetó más fuerte del brazo.

—Usted no se escapa, señorito. Aquí se queda a jugar a los acertijos.

Las niñas, riendo, se sentaron a ambos lados del muchacho. Sandro quedó entre la pelirroja y una niña rubia que tenía el cabello como oro y parecía ser la mayor del grupo; debía tener entre once y doce años. La niña rubia, de forma disimulada, le pellizcó el muslo. Sandro la miró sorprendido, pero ella mostraba una expresión muy seria y miraba hacia el frente con aire de inocencia.

—Paola hace el primer acertijo —dijo una.

La niña gorda, de pie frente al grupo, se agachó un poco y lanzó los pies hacia atrás, levantando polvo.

—Que Stella adivine —dijo señalándola.

—Un burro dando coces —contestó pronta Stella.

—Acertó —dijo decepcionada la niña gorda.

—¡Bravo! —Aplaudió la pelirroja, que se llamaba Carla—. Ahora me toca a mí.

Se levantó y la niña gorda tomó asiento. Con las manos en las caderas, sopló batiendo los labios con leves intermitencias.

—El señorito adivina —dijo, risueña y pícara.

Sandro no dudó de que lo elegiría y la miró confundido. Trataba de pensar con rapidez. Pero la singular imitación no conseguía hacerle recordar ningún objeto o animal que tuviera cualidades semejantes; sin embargo, como lo apremiaban, respondió sin mayor convicción:

—Un tren que va a partir.

—¡Penitencia! —gritó triunfante la pelirroja—. ¡No adivinó! Lo que imité fue una tetera hirviendo.

—¡Penitencia!... ¡Penitencia!... ¡Penitencia! —corearon todas.

—Señorito —sentenció la pelirroja con burlona solemnidad—, la penitencia que le doy es esta: quedar encerrado en el tonel del muro, con las manos amarradas, hasta que una de nosotras, si se compadece de usted, vaya a sacarlo de su prisión.

Entre todas lo condujeron con algazara hacia el tonel. Le cruzaron los brazos por la espalda y lo maniataron con un cordelillo. El tonel era alto y tuvieron que levantarlo en vilo para introducirlo en él. La pelirroja divisó una rejilla de grueso alambre de bronce arrimada al muro y con ella cubrió la abertura. Miró una vez más en derredor y saltó hacia una pila de fragmentos escoriados y ennegrecidos. Eran restos de monolitos y de cipos encontrados en las vastas necrópolis etruscas. Cogió dos macizos trozos de ladrillos y los colocó encima.

—¡Ahora sí que parece un pajarito encerrado en una jaula! —exclamó celebrando su idea.

Se mofaron un momento de él, haciéndole musarañas a través de la rejilla, y se alejaron corriendo, para continuar jugando.

Por un buen rato Sandro, cada instante más mortificado, estuvo sintiendo el bullicio de sus voces. Acuclillado en el fondo del tonel, que olía a vino rancio, su posición hacíasele cada minuto más incómoda y dolorosa. Hormigueábanle las piernas y el ardor de sus oprimidas muñecas se intensificaba.

En medio de las voces, la argentina risa de la pelirroja llegaba en cascadas de claros y sonoros arpegios a sus oídos, mortificándolo aún más. ¡Fierecilla! Pero ya le tocaría a él hacer también un acertijo. Traería ron y cerillas de la cocina. Haría un círculo en la tierra y amontonaría yesca en el centro. «Uru, uru, uru. Oco, oco, oco. ¡Saltimboco!», recitaría haciendo pases sobre las llamas azules. Y de repente retrocedería espantado. No sabría adivinar y ya la veía alegar asombrada: «Pero ¿qué acertijo es ese? No se puede adivinar algo tan raro». «¡Una bruja que invoca el fantasma de un etrusco!», respondería él entonces, saboreando la venganza. ¡La haría tomar el agua sucia del pilón! ¡Ya vería!

Sin embargo, el tiempo pasaba y nadie venía a sacarlo de allí. Y de pronto le causó sorpresa no escuchar más sus voces. El jardín había quedado en silencio. ¿Dónde estarían? ¿Se habrían marchado a jugar adentro de la casa? En un desesperado intento por zafarse de sus ligaduras, se sacudió y forcejeó con rabia. Pero solo consiguió aumentar el doloroso escozor de sus muñecas. Lágrimas de humillación e impotencia corrieron entonces por sus mejillas y se puso a llorar en silencio, sintiéndose muy ofendido y desgraciado.

Estaba entregado por completo a su amargura cuando sintió la proximidad de unos pasos. Su corazón brincó de alegría; pero, dominado por un súbito sentimiento de vergüenza, de forma nerviosa se restregó la cara contra sus huesudas rodillas, para que nadie supiera que había llorado.

Los ojos azules de la niña rubia lo miraron a través de la rejilla.

—¡Sáqueme de aquí! ¡Les retorceré el cuello a todas! —gritó furioso.

—¡Chist!... no grites... no grites... —susurró ella—. Se enojarán conmigo si saben que he venido a liberarte.

—¡Gritaré hasta que me dé gana! ¡Sáqueme de aquí!

La niña arrojó los trozos de ladrillos a la pila de fragmentos escoriados y ennegrecidos y retiró la rejilla. Enseguida lo ayudó a incorporarse y lo desató, teniendo que emplear los dientes para deshacer los nudos.

—¡Pobrecito! Tus muñecas están rojas. Con razón estás tan furioso. ¿Has sufrido mucho?

El tono conmiserativo de la niña tuvo la virtud de aplacar su cólera.

—Son las piernas las que me duelen más —se quejó ya sin animosidad.

—Ya te sentirás mejor. Apóyate en mis hombros.

Él obedeció, y ella, abrazándolo por debajo de los brazos, lo alzó con fuerza. Los labios de Sandro, por la violencia del tirón, fueron a dar levemente contra su mejilla y el tonel se tambaleó.

—¡Uf! —exclamó alarmada la niña, tratando de conservar el equilibrio—. ¡Cuidado, que nos caemos!

Cayeron con suavidad sobre el césped. Sandro, al deslizarse a un lado, vio el blanco muslo de la niña y la rosada blonda de su enagua.

—¡Qué gracioso! Cada vez que recuerde esta caída no podré contener la risa —dijo ella riendo, mientras se componía el vestido.

Sandro la miraba turbado.

—¿No se hizo daño? Yo caí arriba de usted.

—¿No ves que estoy intacta? ¡Tócame! Todos mis huesos están enteros.

Sandro sonrió. Púsose de pie, pero se encogió al instante con una mueca de dolor.

—Aún tienes calambres. Tiéndete otra vez. Tiéndete aquí a mi lado.

Se sentó al lado de ella, lleno de confusión.

—¿Ya no estás enojado?

Su radiante mirada azul, tan cerca cómo se encontraba de ella, lo hizo enrojecer.

—No, ya no estoy enojado.

—Desátame, entonces, la cinta de la trenza. Me la haré de nuevo.

Inclinó la cabeza. Sandro se turbó en un gesto singular al contacto de su lechoso cuello.

—¿No te molesta que te tutee?

—No. —Deshizo con nervios el lazo.

—Tú también puedes tutearme, si quieres.

Una cascada de oro le descendió por la espalda al sacudir la cabeza.

El niño la contempló en silencio, y en la profundidad de su alma, donde se compenetraban todavía el espíritu y la materia, alma y naturaleza, la imaginó como un mágico ser de los bosques y praderas o del frío y lejano mundo de las nebulosas astrales, alado, tutelar, protector y omnicomunicativo.

—Un hada... —murmuró, contemplándola con una extraña fijeza.

Ella rio divertida de la ocurrencia. Halagada, se acarició las guedejas.

—¿Te gusta mi cabello? Papá dice que es muy dorado... ¡Oh, qué encanto si fuera un hada! Podría hacer cosas maravillosas: llenar este jardín de rosas blancas, por ejemplo; y hacerme tan pequeñita como una hormiga. —Lo miró haciendo un mohín de desencanto—. Pero las hadas tienen una varita mágica, y yo no tengo ninguna.

—¿Cuál es su nombre? —le preguntó él con el corazón oprimido; quería tutearla, pero el «tu» moría ahogado en su garganta.

—Francesca. ¿Y el tuyo? Sandro ¿no?

—Sí, Sandro —calló, cohibido—. Es bonito su nombre —añadió, ruborizándose—. Mi *nonna* se llamaba así.

—¿Por qué no me tuteas?

—No sé...

—¡Tonto! —sonrió ella.

Estiró la mano, cogió una pajita y se la puso en la boca.

—¿No lees nunca libros?

—Me gusta leer cuentos de hadas y de brujas.

—Yo no leo esa clase de cuentos. Papá dice que hay que poseer una cultura científica —repuso ella con suficiencia.

—¿Es también arqueólogo, como papá? —expresose el muchacho.

—Papá enseña en la Universidad de Padua. Es físico teórico y tiene muchos libros de ciencia-ficción en su biblioteca. Estos son los que me gustan más.

Ella le habló con entusiasmo y un tonillo jactancioso, mientras se hacía la trenza, de los libros que había leído. Sandro la escuchaba maravillado y su admiración por la niña no tuvo límites: animado por una música invisible, un universo desconocido, inexplorado y virgen, surgía ante sus ojos; y ardió en deseos de leer aquellos libros maravillosos.

Por fin ella le pidió, alargándole la cinta:

—Hazme el lazo, ¿quieres?

Sandro cogió la cinta y ella le indicó cómo debía asegurar la trenza.

—¿Me prestará sus libros? —preguntó él.

—Sí, pero papá debe darme primero su permiso. Se disgusta cuando toman algo de él sin consultarle. ¿Cuál te gustaría leer?

—*La máquina del tiempo.*

La imagen de aquella cronomáquina que, dirigida a voluntad, viajaba hacia el pasado o al futuro, habíase apoderado de su fantasía.

—Será complicado para ti, pero yo te ayudaré a entenderlo. ¡Yo sé mucha física y matemática!

—Gracias. Con su ayuda quizá pueda comprenderlo —repuso Sandro un poco avergonzado, pues apenas sabía las cuatro operaciones.

—¡Francesca, ven a despedirte de la *signora* Franca; ya nos vamos!

La niña de anteojos estaba al pie de la gradería que bajaba al jardín, ya envuelta en su abrigo marrón.

—¡Voy de inmediato, Gabriella!

Se levantó y con gran velocidad empezó a sacudirse el vestido.

—Mañana en la tarde pasaré a dejarte el libro, después que salga del colegio; estoy segura de que papá va a permitirme prestarlo. *Ciao, caro!*

Lo besó en la mejilla con precipitación y Sandro, rígido y trémulo, hizo ademán de tenderle la mano, pero ella volvióse con rapidez y echó a correr en dirección a la casa.

A los pocos metros empezó a brincar sobre los separados rombos de granito, azules, anaranjados y verdes, que coloreaban en zigzag el césped verde claro, y su áurea y copiosa trenza balanceábase rítmicamente de un hombro a otro.

Y de pronto, mientras la veía acercarse al pórtico labrado en piedra —un arco de medio punto sustentado en pequeñas columnas geminadas—, el alma de Sandro se llenó de horror. La visión nocturna se renovó en su espíritu con claridad aterradora.

—¡Francesca, detente!

Fue un grito pavoroso.

La niña se detuvo con brusquedad, como electrizada.

Habíase detenido a una distancia de un metro escaso del pórtico y apenas una fracción de segundos antes que el robusto y copudo tronco que pendía sobre el arco, se desgajara con un seco y sordo crujido estrellándose con suma violencia encima, partiendo la piedra y abatiendo en medio de fuerte estruendo las columnas de arenisca.

Petrificada de pánico, quedó inmóvil, blanca como el papel.

Sandro corrió hacia a ella.

—¿No estás herida...? ¿Estás bien...? —preguntaba sobrecogido, cogiéndole y palpándole lleno de nervios los brazos, y en la excitación no percibía que ahora la tuteaba con toda naturalidad.

—Sí, sí... Estoy bien... ¿Qué ocurrió?...

Aturdida, lo miraba sin parecer comprender aún que había escapado por una escasa fracción de segundo de la muerte. De pronto, pareció también despertar.

—¡Oh!... ¡Ya sé!... El sueño... ¡Sí! ¡El sueño! El sueño que tuve anoche... Me vi aplastada por un árbol. Pero no estaba muerta,

porque alguien gritaba y me salvaba. Ahora lo recuerdo bien...
¡Qué extraño!... ¡Qué extraño!...

—Yo también tuve un sueño —dijo Sandro estupefacto—.
No era un hada la que yacía bajo el castaño. ¡Eras tú!... En el
sueño era un hada. ¡Pero eras tú, ahora estoy seguro! *Porque de
repente supe que debía gritar para salvarte...*

Se miraban sobrecogidos y perplejos.

Vagamente, confusamente, Sandro creyó comprender.

—*La máquina del tiempo...* —musitó, encontrando que aquel
título expresaba de algún modo sus pensamientos.

Gritando todas a la vez, las niñas se precipitaban al jardín.
La voz de la *signora* Franca, agitando llena de nervios las manos, predominaba en el griterío...

EL EXTRATERRESTRE

De pie ante la puerta de la ahumada cabaña, el ermitaño observaba a los intrusos que invadían su retiro, con una expresión de asombro y disgusto que no conseguía ensombrecer la natural nobleza de su inquisitiva mirada y de los hermosos rasgos de su rostro. Era alto y fornido, y su fluvial barba plateada dábale un aspecto de profeta.

Había cruzado los brazos desnudos sobre el pecho en una actitud que era más de tranquila serenidad que de ostensible desafío, sin inmutarse por los salvajes ladridos de los perros, que le mostraban con ferocidad los colmillos, tirando en tal forma de las traíllas, que los hombres de kaki apenas lograban contenerlos.

Su rostro pleno de majestad y nobleza, tanto como sus hombros y brazos y piernas desnudos y aun el vellocino de su vestidura de piel de oveja estaban oscurecidos y requemados por el sol, como si él también fuese una calcinada roca de la solidaria montaña, purificada más por el fuego del silencio y la soledad que por el fuego ardiente del astro del día.

—¡Quietos, quietos, perros del demonio!

Alzando la voz por encima del infernal coro de ladridos, el más bajo de los dos hombres uniformados le preguntó a gritos:

—¡Eh, anciano!, ¿no vio algo extraño por esta montaña, hace dos noches?

El ermitaño frunció el entrecejo.

—¡Una nave, un disco, un platillo!... ¡algo así!... ¡qué sé yo! —aclaró siempre gritando con rudeza el hombre, casi arrastrado por sus tres perros, que pugnaban por saltar sobre el anciano.

—¡Era un disco fulgurante! ¡Viajaba a dos mil kilómetros por hora, a lo menos! —gritó el otro hombre de kaki—. ¡Y aterrizó en esta montaña! ¡Es el testimonio de un piloto comercial!

El ermitaño se limitó a mover negativamente la cabeza.

—¡Viejo estúpido! —murmuró el hombre bajo.

Al cabo de una semana, los rastreadores regresaron, haciéndole la misma pregunta, y el ermitaño volvió a negar el hecho.

—¡No es posible! —exclamó el hombre bajo—. Mucha gente del valle y de la ciudad dice que el ovni descendió en esta montaña, y también los astrónomos del observatorio. Muchos dicen que los *extraterrestres* vienen a salvarnos.

—¡Que me aspen —juró su compañero—, si en esta montaña no han descendido extraterrestres! ¡Y usted debe haber visto algo! ¡No está ciego!, ¿verdad? Los perros *los huelen*, ¿sabe? ¿Por qué entonces los perros se dirigen derecho hacia acá?

—No he visto nada singular, ni hace dos noches, ni anoche, ni en las noches pasadas —repuso el ermitaño con majestuosa dignidad, sin alzar la voz y sin que ningún rasgo de su cara se alterase—: Solo las lámparas de Dios que brillan en el cielo, y que cualquier hombre puede contemplar, si lo desea.

—¡Lámparas de Dios! —refunfuñó el rastreador que superaba a su compañero en dos palmos, y, con más resquemor que la primera vez, ambos se dieron media vuelta y emprendieron el descenso por el angosto desfiladero por donde habían subido, remolcando a viva fuerza a sus perros, que no cesaban de ladrar al anciano con un furor endemoniado, pugnando por abalanzarse sobre él.

Exactamente una semana después, los rastreadores volvieron, y, de manera súbita, esa misma noche el ermitaño lo supo; de manera súbita, esa misma noche su mente se iluminó con una percepción interior vivísima, irguiéndose como electrizado en su lecho de hojas secas, en la oscuridad de su cabaña, y luego salió al exterior y contempló como si la viera por vez primera, la infinita multitud de las estrellas en la augusta cúpula del firmamento.

Temblaba de gozo y exultación, en el prodigioso silencio de la noche, a la luz pura y santa de las lámparas del cielo. Temblaba y mirábase a la vez las manos, nimbadas por un resplandor vibrante, que solo sus ojos de vidente podían percibir. ¡Dios; *ahora lo sabía*! ¡Él no era de la Tierra! *¡Él era un extraterrestre! ¡Y él lo proyectaba!*... ¡Quizá en sueños!... En *sueños hipnóticos*... ¡Y si él lo era, todos los hombres lo eran!...

Elevó sus manos irradiantes hacia las estrellas, y, como una luz infusa, la suprema verdad se reveló en su alma: *¡Homo-Lux!*[6] ¡El hombre estaba hecho de *Lux*!...

Temblando, cayó de rodillas sobre el gélido y escarchado césped; tibias lágrimas corrían por sus mejillas y, en el prodigioso silencio de la noche, alabó a Dios y musitó una humilde y silenciosa plegaria.

La contaminación del aire, de la tierra y de las aguas. La Tierra envenenada con toda clase de venenos químicos y desperdicios tóxicos, y con el más diabólico: la radioactividad.

Los hombres ya no tenían suficiente aire para respirar ni suficiente agua para beber. Todo lo que tenían era una delgada capa de atmósfera aprovechable de no más de doce kilómetros de espesor y ríos y lagos y manantiales envenenados...

Los huracanes, las tormentas de nieve, las lluvias torrenciales, las inundaciones, las sequías, las heladas eran el azote permanente del planeta, y la Tierra ya no producía suficientes alimentos para todos.

Las tribus de África habían recaído en el canibalismo, y los millones de bocas hambrientas, que no podían comerse sus misiles, pero sí dispararlos en un rapto de locura colectiva, hacían temblar al mundo, que temía ahora que el día menos pensado el «equilibrio del terror» se convirtiese en el «desequilibrio de la locura» ... ¡El *hambre* desencadenaría la guerra mundial!...

Tembló aterrorizado.

---

[6] Cf. Dino Schiappacasse, *Homo-Lux*, próximo a editarse en lengua hispana e inglesa.

En aquellos días, buscarán los hombres la muerte y no la encontrarán; desearán morir y la muerte huirá de ellos.[7]

Estremeciéndose de horror, en su excitada imaginación vio la Tierra *habitada por aquellos humanoides errantes, irreconocibles como seres humanos.*

¡La catástrofe vendría sobre la humanidad!

Una catástrofe apocalíptica, si los hombres no tomaban conciencia de que la salvación del hombre y de la Tierra vendría de ellos mismos y no de salvadores *proyectados* que empezaban a descender de los cielos...

¡Él era el primer extraterrestre! ¡El primer hombre en tomar conciencia de que lo era!... Dios lo había elegido. ¡Era su destino y su misión salvar a la humanidad de la catástrofe!

Al despuntar la aurora, armado de su báculo y con el morral a la espalda, emprendió el descenso, y después de haber dado la vuelta a escarpados peñascos, dejando tras de sí numerosos barrancos, salvando, a saltos de piedra en piedra, algunos cristalinos arroyuelos, llegó a la base de un promontorio que dominaba a lo lejos rocas, selvas y pastos. El viento puro y libre de la montaña hacía ondular su plateada barba como un río.

Miró hacia la cima y contempló por última vez su ahumada cabaña. Semejante a una cinta extendida por el aterciopelado césped, el amarillento sendero subía hacia la cabaña y parecía detenerse allí. Más lejos no se vislumbraban más que grandes barrancos pedregosos, desmoronamientos, cascadas, nieves y ventisqueros.

Aquella era la última habitación del hombre; la choza que, durante incontables años, tantos, que había perdido la cuenta de ellos, le había servido de ermita y asilo en el último oasis incontaminado, el único santuario de la naturaleza que el hombre no había aún contaminado o destruido.

---

[7] Apoc. IX, 6.

Su montaña... Había subido a la montaña a buscarse a sí mismo, para saber *quién* era él. ¡Y ahora lo sabía!...

Alzando el brazo, bendijo su ermita y reanudó animosamente el descenso.

Al amanecer del segundo día atravesó el valle, poblado de aldeas y pueblecillos encaramados en las verdes pendientes de los montes. Demoró otros dos días en atravesar comarcas devastadas y tres más en cruzar un ardiente y muerto desierto, de un herrumbroso color rojo sangre, donde no crecía ni una brizna de hierba, erosionado y carcomido como por una horrible lepra; y al ponerse el sol, allá abajo, el inmenso hongo blanquecino le indicó la gran ciudad coronada de torres colosales y chimeneas humeantes.

Pronto, bajo la capa de aire enmohecido y sucio, millares de rótulos luminosos parpadearon y destellaron por doquier, y era de noche cuando el *extraterrestre*, jubiloso, iluminado, entró en la monstruosa ciudad.

UNA EXTRAÑA CRIATURA

¡Qué extraño! ¿No lo adviertes, papá-pez? El río no está igual desde hace algún tiempo; el agua me irrita los ojos.

—Tómalo con paciencia, hijo; ya te acostumbrarás. De todas maneras, no puedo hacer nada.

—¡Qué divertido! Se pueden utilizar estos barriles que flotan para nadar con obstáculos —murmuraba alegremente un pequeño salmón.

—¡Oso Piwui, ten cuidado! No te vayas a herir con un tacho al pescar.

—Sí, mama-osa —contestó con obediencia el osezno, sumergido hasta los lomos en la aguanosa orilla, plagada, de «bote a bote», de tarros vacíos de conservas.

—Era muy listo ese tal Juan Conejo —dijo el astuto zorro, detrás del zarzal que bordeaba el río—. Y endiabladamente corredor. Lo echo de menos, créeme. Según los rumores, falleció de muerte prematura, resollando como un fuelle.

—Eso le pasó por andar siempre corriendo de aquí para allá... ¡siempre tan cobarde! —replicó Lobo Feroz con encono, recordando las frecuentes ocasiones en que persiguió al conejo y no pudo atraparlo.

—Hay que adaptarse al nuevo ambiente. No hay otro remedio.

—Tienes razón, ranita Demetán —contestó la madre garza, que es siempre muy equilibrada y estaba parada en el agua sobre su pata izquierda.

—De una u otra forma, sobreviviremos. No importa que ya no sea albo el velo de novia de la Cascada de Espuma y se torne gris y feo nuestro hermoso valle. No entendemos el cambio, pero está presente.

—Bien dicho, lechuzón de ojos grandes —resopló el salmón general, asomando su cabezota colorada fuera del agua—. ¡Viva la patria! ¡Sobreviviremos!

—¡Sobreviviremos! —corearon los demás peces (salmones, truchas, percas, lucios y lisas), asomando también sus cabezas fuera del agua, con un grito solidario que les brotó del fondo de las branquias.

El armiño ensució su bello e inmaculado traje. Y el águila tuvo que bajar de las alturas para vivir más cerca de la tierra, pues el aire enrarecido impedíale ojear a su presa. Hasta ese punto se rebajaron todos los habitantes de la pradera para adaptarse al «cambio».

Pasó el tiempo y lo anormal se hizo normal.

—Miren, han llegado visitas —anunció el halcón peregrino desde lo alto de su escarpado peñón.

—Es la rastrera serpiente —la insultó el despreciable chacal, que no respeta a nadie.

—Es tan divertida —rióse la hiena, que echa todo a la broma.

—Pero, ¿qué pasó aquí? Hace algunos años visité este valle, que todos llamábamos entonces el Valle Feliz, y era hermoso. Las aguas del Lago Azul ya no son cristalinas, sino turbias y fétidas, y la pradera tiene un aspecto detestable.

—¡Sobrevivimos! —replicó desdeñoso el colibrí sin ninguna ilusión.

—Eso es justo lo que hacen: «sobrevivir» —silbó la serpiente—. Porque no se puede «vivir» en estas condiciones. Están «intoxicados» con toda clase de venenos y no lo saben, porque se han acostumbrado a ellos... ¡Están condenados!... ¡Irremisiblemente condenados!... Créanme, yo sé lo que les digo, soy una vieja farmacéutica de estos elixires.

Púdose oír el silbido de la pérfida rastrera sin patas ni manos, irguiendo la cabeza y clavando sus ojos relucientes en el colibrí, que, hipnotizado, quedose volando como suspendido en el aire.

—El mal, o el «cambio», como dicen ustedes, pichoncito mío, lo provocó una extraña criatura que hace un millón de años vivía aún en las ramas de los árboles, como los monos; un privilegiado ser surgido de manera misteriosa de la verde penumbra del laboratorio del Creador; un ente hecho para evolucionar, pero que ya no evoluciona en ninguna dirección y solo aplica su inteligencia en un sentido… como yo.

Y ¡zip!, de un serpentino lengüetazo, la serpiente se engulló al colibrí.

«Si el hombre y los animales se acostumbran a probar todos los venenos, como el joven rey Mitrídates, ya no necesitan antídotos para ninguno de ellos».

LOS POEMAS DE LA HERMANDAD UNIVERSAL

Salmo del ermitaño

¡Oh mi Dios!,
¿dónde, dónde está la luz de tu rostro?
Día tras día camino en tinieblas
y no sé a dónde voy en esta oscuridad.
En mis sueños,
tu *enemigo* se burla descaradamente de mí,
y en la claridad de la mañana,
me engaña imitando tus maravillosas señales;
pero mi corazón sigue inquieto,
y por eso sé que no son obra tuya.
¡Ah! ¿Hasta cuándo caminaré en esta oscuridad?
¿Dónde, dónde está la luz de tu rostro?
Mis días son largos y penosos.
Penosas y largas son mis noches.
Te llamo en la oscuridad y tú no me oyes.
Te busco y no te encuentro.
¡Oh mi Dios!,
¿dónde, dónde está la luz de tu rostro?

¡Ay! ¡Mi alma está sola en medio de los lobos!
La ley de la manada es implacable:
debo ser un lobo para vivir entre lobos.
«Homo-hominis-lupus».
Pero los lobos solo desean devorar la carne de sus víctimas
y mi alma solo te busca a ti.
Por eso sé que no soy un lobo.
¿Dónde, dónde está la luz de tu rostro?
Hoy partí al alba en busca de tu montaña.
La contemplé gozoso y la bendije.
Vi al águila cernerse sobre su cumbre
y admiré su vuelo tranquilo y magnífico.
Escuché al mirlo de oro cantar en el risco
y se llenó de música la soledad del desierto;
y como una lámpara fulgurante,
la luz de tu rostro iluminó el árido desierto
y mi solitario camino a través de él,
y sentí algo inefable: me sentí amado por ti.

Valparaíso, domingo 21 de noviembre de 1982.

Tu Tierra muere, hermano Francisco...

Tu Tierra muere, hermano Francisco.
Ya nadie recuerda tu «cántico al Sol
y a todas las criaturas de nuestro Señor».
El hombre explota la Tierra con usura
y destruye a sus criaturas.
¡El guardián del Creador
es hoy un salvaje exterminador!
Mueren el antiguo elefante africano,
ese portento viviente antediluviano,
y el león rugiente de la sabana,
víctimas de la caza sanguinaria e inhumana.
Mueren las prehistóricas ballenas y los graciosos delfines
de los mares que otrora fueron azules;
los peces y las aves
de los ríos que otrora fueron cristalinos;
los caballos de las vastas llanuras;
los ciervos de las soberbias cornamentas
y los humildes huemules del sur de Chile;
la altiva águila real de las cumbres nevadas
y los alegres gorriones de las plazas contaminadas.

El aire que respiramos
envenena nuestros pulmones.
Los lagos vernaculares
son cloacas de corrupciones.
El antiguo bosque es un desierto;
la ciudad, un hospital.
Tu Tierra muere, hermano Francisco.
Ya nadie recuerda tu «cántico al Sol
y a todas las criaturas de nuestro Señor».
Ya nadie les predica a los hermanos pájaros.
Ya nadie ama a la hermana Luna
ni al hermano Sol.
Tu Tierra agoniza por falta de amor
y están tristes las criaturas de nuestro Señor.
Hermano Francisco, que estás en el cielo:
tu Tierra está llena de dolor y duelo;
el hombre es malo, perverso y ciego;
pero tú eres de todas las criaturas el eterno hermano:
¡ruega al Padre que salve la Tierra con amor franciscano!

Contempla con el alma

(Contemplaciones franciscanas en el jardín de la iglesia
Los Doce Apóstoles de Valparaíso)

Hermano peregrino,
detente y escucha de mi corazón este trino,
y contempla con el alma,
en silenciosa calma,
las maravillas de este jardín.
Mira el pasto verde que lo alfombra;
mira las humildes «florecillas» que lo adornan.
¿Ves a los gatos vagabundos
retozar en los prados,
dueños del mundo,
entre laureles y rosas?
¿Ves a las palomas volar
en plácidas rondas
y al irisado rosetón retornar,
donde su místico amor se ahonda?
¿Escuchas a los zorzales
cantar en la enramada?

Al Padre nombran,
y a Él alaban.
¿Y tú no te asombras
de las maravillas de sus obras?
¡Oh peregrino!,
que escuchas mi trino,
piensa en el misterio profundo de cada cosa.
La *naturaleza* es sagrada,
y con amor debe ser conservada.
La belleza de lo viviente
es la belleza de nuestro ambiente.
Ama, pues, a la *naturaleza*
con amor franciscano
y convierte al amor
a este mundo inhumano,
para que los hombres sientan
que las «florecillas» y las palomas,
los zorzales y los gatos,
las estrellas y los gusanos
son sus hermanos.

San Francisco crucificado

Francisco era un fuego que incendiaba el mundo,
y Francisco moría de este amor fecundo.
Y cuando al pueblo entró,
San Sepulcro ardió.
Era invierno y mordía el frío.
Pero la multitud, ardiendo, gritaba:
¡santo *di Dio*! ¡Santo *di Dio*!
Francisco no veía y no escuchaba;
solo ardía y lentamente cabalgaba,
y junto a él, fray León al asno guiaba.
Al fin Francisco abrió sus ojos ciegos
y fray León comprendió su ruego.
Detuvo la marcha y al momento
—tan leve entre sus brazos como una brizna de paja—
lo bajó del jumento.
Y con voz que rompe su mortaja,
vibrando de juventud,
predicó Francisco a la multitud:
¡Tabor! ¡Tabor! ¡Tabor!
Y descubrió sus cinco llagas,
que fulgían como fraguas,
crucificándolo de amor.
Las mujeres, sollozando, las tocaban.
Los hombres se persignaban.
Y a través de un dulce velo de lágrimas
—¡contemplábante a ti, Dios mío!—,
todos gritaban:
¡santo *di Dio*! ¡Santo *di Dio*!

A veces tengo un sueño loco...

Hermano Francisco:
a veces tengo un sueño loco
y te veo pasar,
a lomo de tu asno,
entre el vértigo de los autos,
por las calles de nuestra ciudad.
En la memoria fiel
del burro y del buey
y en sus grandes ojos húmedos
quedó el recuerdo de miel
de quien los rescató del olvido
y les dio el lugar de los testigos
en el nacimiento del niño de Belén.
Hermano Francisco:
a veces tengo un sueño loco,
un sueño de Nochebuena, hermoso,
y te veo cabalgar sobre tu asno,
trayendo en tus brazos un niño;
un niño negro,
hijo de negro africano,
hijo del primer bípedo humano
que se irguió en el salvaje *paraíso* africano,
y te veo recostarlo en la paja
del pesebre de nuestra plaza,
junto al niño de yeso,
para recordarnos que ese niño...
¡es el Niño!... de carne y hueso.

Valparaíso, diciembre de 1992.

Loor a la reina

Loor a ti,
Virgen cósmica gloriosa,
reina misericordiosa,
salvadora de la humanidad:
tú diste a luz
la *Lux* de la eternidad;
la *Lux* de la estrella
del divino amanecer glorioso
del reino de ¡*Cristo-Lux*
victorioso![8]

Domingo 22 de marzo del año 2009

de la nueva era del milenio de la reina del reino de la *Lux*.

---

[8] Tal se nos anuncia Cristo en el apocalipsis (XXII,16). Por otra parte, san Pedro dice (II,1,19) que Jesucristo es *la estrella de la mañana* que entonces aparecerá para llenar muestras almas de la luz del pleno conocimiento de Dios, y para anunciarnos el día perpetuo de la eternidad.

LECTURAS RECOMENDADAS

Sentimental (Justo Cesar Brambila Razo)

Relatos y cuentos de Rumincho (Roberto Aliaga Sánchez)

Historias para leer a bordo (Rodolfo Fernández Chaves)

Lluvia de cenizas (Gerardo Javier Oliva Luna)